ACTES SUD - PAPIERS
Fondateur : Christian Dupeyron
Editorial : Claire David

Actes Sud - Papiers et le Théâtre de Sartrouville, Centre dramatique national pour l'enfance et la jeunesse de Sartrouville, ont décidé de s'associer pour coéditer "Heyoka Jeunesse", une collection de théâtre pour la jeunesse qui se propose de conforter les passerelles nécessaires entre l'éphémère de la représentation et la mémoire de l'écrit, de participer à l'émergence d'un répertoire théâtral ambitieux et de susciter de nouvelles écritures.

COLLECTION "HEYOKA JEUNESSE"

Normand Chaurette, *Petit Navire*, 1999.
Joël Jouanneau et Marie-Claire Le Pavec, *Mamie Ouate en Papoâsie*, 1999.
Jean-Claude Grumberg, *Le Petit Violon*, 1999.
Wajdi Mouawad, *Pacamambo*, 2000.
Mike Kenny, *Pierres de gué*, 2000.
Jacques Rebotier, *Les Trois Jours de la queue du dragon*, 2001.

Ouvrage publié avec le concours du Centre national du livre.

Illustration de couverture :
© Marcelino Truong, 2001.

ISSN 0298-0592   ISBN 2-7427-3342-6

LE JEUNE PRINCE ET LA VÉRITÉ

Jean-Claude Carrière

Collection "Heyoka Jeunesse"

PERSONNAGES

Le conteur
Le jeune prince
La jeune fille
L'homme-femme à tout faire

Un homme, assez corpulent, arrive et s'adresse au public.

Normalement, je devrais arriver sur un âne. C'est ce qu'on m'avait dit : Tu arriveras sur un âne. Mais, au dernier moment, pas d'âne. Voilà. Alors on m'a dit : Tu entreras à pied. Tu sais marcher, oui ou non ? J'ai dit : Oui, bien sûr je sais marcher, on m'a fait marcher toute ma vie ! Mais pourquoi je n'ai pas d'âne ? On m'a dit : Il a refusé de jouer ce soir. Et pourquoi ? j'ai demandé. Parce qu'il est fatigué ? Parce que monsieur l'âne en a assez, peut-être ? On m'a dit : Non, c'est parce qu'il ne veut pas te porter. La dernière fois tu l'as battu, tu lui as donné des coups de bâton. Et alors ? j'ai dit, si on ne peut pas donner de coups de bâton à un âne, alors à quoi ça sert, un bâton ? Tout le monde sait bien que, sans un bâton, un âne n'avance pas. C'est fait pour ça, les bâtons : pour faire avancer les ânes. Oui, on m'a dit, mais de toute façon tu es trop gros. Aucun âne ne pourrait te porter. Alors, j'ai dit : Qu'on me donne un cheval ! Alors on m'a dit : Mais tu ne sais pas monter à cheval ! Ça, c'est vrai. Je reconnais que c'est vrai. C'est la vérité.

Ah ! à propos de vérité, je me disais aussi : mais qu'est-ce que je fais là à parler de mon âne ? J'ai quelque chose à vous raconter. Une histoire. Je ne suis pas sûr de m'en souvenir très exactement, mais au moins je sais le début et la fin. Ce n'est déjà pas mal.

Quoi ? Que je vous dise la fin tout de suite ? Moi, je voudrais bien. Ça me ferait terminer plus tôt. Mais les autres ne seraient pas contents, là. Les autres acteurs. Ils protesteraient, ils diraient : Et alors ? Et nos scènes ? Non, non, je ne peux pas commencer par la fin. Il n'en est pas question.

Faites-moi quand même penser que j'ai des choses à vous dire sur mon âne. Mais plus tard. Si je me lance avec mon âne maintenant, nous y serons encore demain matin.

Bon, il faut que je commence, parce que si je continue, au lieu de commencer par la fin, je vais finir par le commencement.

Donc, il y avait un jeune prince qui se promenait dans la campagne. La chasse était fermée et le jeune prince n'avait rien à faire. Ce jour-là, pan patatras, il rencontra une jeune paysanne dont il tomba follement amoureux. Oui, c'est les deux, là.

Un jeune homme et une jeune fille viennent d'apparaître.

Le jeune prince demanda à la jeune fille… Qu'est-ce qu'il lui demanda, au fait ? Ah, oui.

LE PRINCE

Je n'ai jamais rencontré une jeune fille à qui on pourrait te comparer. Dès que je t'ai vue, tu as fait sur mes yeux et sur mon cœur une impression extraordinaire. Veux-tu m'épouser ?

LA JEUNE FILLE

Je veux bien. Mais tu dois demander à mon père.

LE PRINCE

Où est-il ?

Apparaît le père de la jeune fille, qui est un paysan.

LE PÈRE

Je suis là. Que veux-tu de moi ?

LE PRINCE

Es-tu vraiment son père ?

LE PÈRE

Oui.

LE PRINCE

Et que fais-tu ? Es-tu employé dans une usine ? Dans un bureau ? Ou bien es-tu un commerçant ?

LE PÈRE

Pourquoi me demandes-tu ça ?

LE PRINCE

Parce que je désire épouser ta fille.

LE PÈRE

C'est impossible.

LE PRINCE

Pourquoi ?

LE PÈRE

Parce que tu ne connais pas la vérité.

LE PRINCE

Moi ?

LE PÈRE

J'ai de la paille dans mes habits, de la boue sous mes chaussures, et tu me demandes : Es-tu employé dans une usine ? Dans un bureau ? Tu ne vois pas que je travaille la terre ! Va-t'en d'ici. Trouve la vérité, reviens, et je te donnerai ma fille.

LE PRINCE

Tu me le promets ?

LE PÈRE

Je te le dis. Ça devrait te suffire.

LE PRINCE

Mais où trouver la vérité ? Où est-elle ?

LE PÈRE

Si je le savais, je ne t'enverrais pas la chercher.

LE PRINCE

Dis-moi au moins de quel côté je dois me diriger.

LE PÈRE

Au nord, au sud, à l'est et à l'ouest. Et puis aussi en haut et en bas. A droite et à gauche. A l'intérieur et à l'extérieur. Au-dessus et au-dessous. Je t'ai tout dit. Va. Ma fille et moi, nous allons attendre ton retour.

Le prince reste avec le conteur.

LE PRINCE

Par où tu commencerais, à ma place ?

LE CONTEUR

Au nord, à droite, en bas, à l'extérieur et au-dessous.

LE PRINCE

Je ne comprends pas ce que tu dis.

LE CONTEUR

Moi non plus.

LE PRINCE

Que fais-tu là ? Qui es-tu ?

LE CONTEUR

C'est moi qui raconte cette histoire.

LE PRINCE

C'est vrai ?

LE CONTEUR

Attention. Utilise ce mot le moins souvent possible.

Quel mot ?

Le mot "vrai". Demande plutôt si c'est exact, ou si c'est correct.

LE PRINCE

C'est exact ?

LE CONTEUR

Quoi ?

LE PRINCE

Que tu racontes cette histoire.

LE CONTEUR

C'est tout à fait exact, puisque je suis le conteur.

LE PRINCE

Généralement, les conteurs ont toujours un âne avec eux.

LE CONTEUR

Ah ! Tu touches là un point sensible ! Un point très sensible ! Car on m'avait promis un âne, et on ne me l'a pas donné.

LE PRINCE

Mais tu es quand même le conteur ?

LE CONTEUR

Oui, je le suis.

LE PRINCE

Donc, tu sais d'avance tout ce qui va m'arriver ?

LE CONTEUR

Je le sais, mais je n'ai pas le droit de te le dire.

LE PRINCE

Rien qu'un peu. Sois gentil. Par exemple, dis-moi : Où je dois aller maintenant ?

LE CONTEUR

Pas un mot.

LE PRINCE

Je t'en prie.

LE CONTEUR

Non, non, je ne te dirai rien. Sinon, je me fais renvoyer.

LE PRINCE

Ils sont sévères à ce point-là ?

LE CONTEUR

Ils sont très sévères.

LE PRINCE

Par où commencer ? Qui pourrait me le dire ?

La jeune fille réapparaît un instant pour lui dire :

LA JEUNE FILLE

Commence par la ville, là-bas.

LE PRINCE

Tu crois que je vais y trouver la vérité ? Dans une ville ?

LA JEUNE FILLE

Il y a beaucoup de monde dans une ville ! Renseigne-toi ! Et dépêche-toi, surtout ! Ne me fais pas attendre trop longtemps !

LE PRINCE

J'y vais. *(Au conteur :)* Tu viens avec moi ?

LE CONTEUR

J'y suis obligé. Je ne dois jamais te quitter. En plus, j'ai un ami, là-bas. Il a un âne, il me le prêtera. En route.

Ils se mettent en marche et se trouvent assez vite devant un large fleuve.

LE PRINCE

Il était prévu, ce fleuve ?

LE CONTEUR

Naturellement.

LE PRINCE

Et comment le traverser ? Je ne vois aucun pont. On passe
à la nage ? Tu sais nager ?

LE CONTEUR

Je sais flotter, je ne sais pas nager. Je peux me mettre sur
l'eau, et toi tu nages et tu me tires.

LE PRINCE

D'accord.

Il veut entrer dans l'eau quand le conteur lui dit :

LE CONTEUR

Mais attention au crocodile !

LE PRINCE

Quel crocodile ?

LE CONTEUR

Un crocodile énorme, terrible, qui garde depuis toujours
ce passage du fleuve. Un monstre. Mais je ne le vois pas.
Tu le vois, toi ?

LE PRINCE

Non. Je ne vois rien.

*Un énorme crocodile apparaît, mais les deux hommes ne
semblent pas le voir. Ils se mettent à l'eau, le prince nageant,
le conteur flottant.*
Et le conteur raconte :

LE CONTEUR

C'était le plus féroce crocodile que le fleuve ait jamais
connu. Il mangeait tout ce qui passait, les hommes, les
ânes, les vaches. Mais il n'était pas satisfait. Il était toujours
triste.

LE PRINCE

Pourquoi ?

LE CONTEUR

Parce qu'il entendait toute la journée des oiseaux qui venaient se poser sur son dos et qui lui disaient : "Tu ne connais pas la vérité ! Tu ne connais pas la vérité !"

LE PRINCE

Lui non plus ne la connaissait pas ?

LE CONTEUR

C'est ce que répétaient les oiseaux ! Mais le crocodile leur répondait : "Pourquoi dites-vous ça ? La vérité, je la connais ! En tout cas ma vérité ! On ne peut rien me reprocher, je fais mon travail de crocodile !" Mais les oiseaux continuaient à lui chanter : "Tuituituitui ! Tu ne connais pas la vérité ! Tu ne connais pas la vérité !"

LE PRINCE

Et alors ?

LE CONTEUR

Alors un jour une très belle femme arriva sur le bord du fleuve.
Une femme arrive, en effet.

Elle s'apprêtait à traverser. Le crocodile la guettait, tapi dans la vase, là. Au moment où elle s'engageait dans le fleuve, tout à coup il bondit, la gueule grande ouverte, et il bloqua la femme contre la berge.
C'est ce qui se passe.

LE PRINCE

Elle avait peur ?

LE CONTEUR

Tout son corps tremblait de peur. Mais son esprit restait lucide.

LE PRINCE

Alors ?

LE CONTEUR

Alors le crocodile lui demanda :

Le crocodile prend la parole, avec une voix de crocodile :

LE CROCODILE

Est-ce que tu connais la vérité ?

LA FEMME

Oui.

LE CROCODILE

Tu en es sûre ?

LA FEMME

Je te le jure.

LE CROCODILE

Si tu me dis la vérité, je ne te dévorerai pas.

LA FEMME

La vérité, c'est que tu vas me dévorer.

Surpris et déconcerté, le crocodile s'enfonce dans la vase.

LE CONTEUR

Le crocodile fut très étonné quand il reçut cette réponse. Il se mit à réfléchir, dans sa longue tête plate. C'était extrêmement compliqué pour lui. Il réfléchit assez longtemps pour que la femme traverse lestement le fleuve.

Ce que fait la femme.

Quand il secoua sa tête et reprit ses esprits, elle était déjà sur l'autre rive. Elle s'en alla en lui criant :

LA FEMME

Adieu ! Réfléchis un peu moins, la prochaine fois !

LE CONTEUR

Et les oiseaux revinrent. Ils se posèrent de nouveau sur le dos du crocodile et ils lui chantaient : "Tu ne connais pas la vérité ! Tuituituitui ! Tu ne connais pas la vérité !"

LE PRINCE

Il a dû avoir honte.

LE CONTEUR

Tellement honte qu'apparemment il est parti.

Le crocodile, en effet, s'en va.

LE PRINCE

Oui. Et nous aussi, nous sommes passés sur l'autre rive. Dommage que cette femme ne soit plus là.

LE CONTEUR

Pourquoi ?

LE PRINCE

Parce qu'elle connaissait la vérité.

LE CONTEUR

Elle connaissait la vérité pour les crocodiles, mais pas forcément la tienne.

Ils se remettent en marche et arrivent à une ville.

LE PRINCE

Ah, voici la ville. Je vais pouvoir me renseigner.

LE CONTEUR

Donne-moi juste une minute. La maison de mon ami est là. Je lui demande de me prêter son âne et je te suis.

LE PRINCE

Dépêche-toi.

Le conteur s'approche de la porte d'une maison et frappe en criant :

LE CONTEUR

Oh ! C'est moi ! Ouvre !

Une voix lui répond de l'intérieur.

VOIX

Qui est-ce ? Qui est là ?

LE CONTEUR

C'est moi ! Ton ami ! Tu ne me reconnais pas ?

VOIX

Ah, salut ! Et qu'est-ce que tu veux ?

LE CONTEUR

Je voudrais que tu me prêtes ton âne. Juste pour un jour ou deux.

VOIX

Mon âne ?

LE CONTEUR

Oui.

VOIX

Mais, d'habitude, tu as toujours un âne !

LE CONTEUR

D'habitude, oui, mais pas cette fois. On me l'avait promis et puis il a refusé de venir.

VOIX

Pourquoi il a refusé ?

LE CONTEUR

Je n'ai pas le temps de te le dire ! Alors ? Tu me prêtes le tien ?

VOIX

Mais tu n'es pas au courant ? Je ne l'ai plus, mon âne ! On me l'a volé !

LE CONTEUR

On t'a volé ton âne ?

VOIX

Si je te le dis !

A ce moment, à l'intérieur de la maison, l'âne se met à braire.

LE CONTEUR

Mais qu'est-ce que tu me racontes ? Je l'entends braire, ton âne ! Ecoute ! Il est là !

VOIX

Je te dis que je ne l'ai plus ! On me l'a volé avant-hier !

A l'intérieur, l'âne est en train de braire de plus belle.

LE CONTEUR

Ne me dis pas qu'on te l'a volé ! Je l'entends braire ! Je le reconnais, tout de même ! Il est là, dans ton écurie ! Je l'entends !

VOIX

Je te dis qu'il n'y est pas !

LE CONTEUR

Je te dis qu'il y est !

A ce moment la porte s'ouvre, la tête furibonde d'un homme apparaît, et il crie au visage du conteur :

HOMME A L'ÂNE

Mais alors ? Tu crois mon âne ou tu me crois ?

L'homme referme violemment la porte. Le conteur revient vers le prince et lui dit :

LE CONTEUR

Je ne sais pas si nous trouverons la vérité dans cette ville.

LE PRINCE

Allons voir quand même. *(Ils se remettent en marche.)* Au fait, toi qui prétends raconter cette histoire, tu ne savais pas que ton ami refuserait de te prêter son âne ?

Le conteur s'arrête un instant.

LE CONTEUR

Je vais te confier un secret.

LE PRINCE

Dis-moi.

LE CONTEUR

Je connais l'histoire des autres, mais je ne connais pas la mienne.

LE PRINCE

C'est bien ce qu'il me semblait. Et ça te gêne ?

LE CONTEUR

Ça m'inquiète.

LE PRINCE

De toute façon, tu es sûr de tenir jusqu'à la fin de la pièce ?

LE CONTEUR

On ne me l'a pas garanti.

LE PRINCE

Ah, un restaurant. J'ai très faim. Si nous mangions quelque chose ?

LE CONTEUR

Avec plaisir.

Ils s'asseyent à une table du restaurant. Arrive aussitôt une servante qui leur demande :

SERVANTE

Vous désirez ?

LE PRINCE

Vous avez des poulets ?

SERVANTE

Oui, mon prince.

LE PRINCE

Alors, deux poulets.

Elle prend la commande et disparaît. Arrive alors le patron, qui est très prévenant.

LE PATRON

Bonjour, mon prince. Bonjour, monsieur.

LE PRINCE et LE CONTEUR

Bonjour, bonjour.

LE PATRON

Vous êtes bien assis ? Vous n'avez pas trop chaud, ni trop froid ?

LE PRINCE

Tout va bien.

LE PATRON

Pas trop de vent ?

LE PRINCE

Juste ce qu'il faut. Dites-moi : vous êtes d'ici ? De cette ville ?

LE PATRON

Oui monseigneur, j'y suis né. Et j'y ai toujours vécu.

LE PRINCE

Je voulais vous demander : est-ce que vous connaissez la vérité ? Est-ce que vous savez si elle est ici ? Si j'ai une chance de la voir ?

LE PATRON

La vérité ?

LE PRINCE

Oui.

LE PATRON

Ah, vous tombez mal. En ce moment, elle n'est pas ici.

LE PRINCE

Vous êtes sûr ?

Oh oui ! Ça fait même un bon bout de temps qu'on ne l'a pas vue.

La servante apporte les deux poulets. Le prince et le conteur mangent tout en continuant la discussion.

Autrefois, oui. Elle était ici. Elle est même restée quelque temps, paraît-il. Le grand-père de l'arrière-grand-père de mon grand-père s'en souvenait encore.

LE PRINCE

Il l'avait connue ?

LE PATRON

Pas lui. Mais l'arrière-grand-père du père de son grand-père. Mais maintenant, non. Elle n'est plus là. Aujourd'hui, il n'y a plus de vérité. Pourquoi ? Vous vouliez la voir ?

LE PRINCE

Oui. Il faut absolument que je la connaisse.

LE PATRON

Et pourquoi donc ?

LE PRINCE

C'est personnel. Mais toute ma vie en dépend. Vous ne savez pas où elle est ?

LE PATRON

Vous n'êtes pas le seul à la chercher. Et je ne suis pas sûr qu'elle soit quelque part. Mais on m'a parlé d'un village où des enfants l'auraient aperçue. Il n'y a pas longtemps.

LE PRINCE

Il est où, ce village ?

LE PATRON

Par là-bas. Assez loin. Je vous montrerai sur la carte.

Le prince se lève.

LE PRINCE

Vite ! Il nous faut partir tout de suite ! Inutile de rester ici !

LE CONTEUR

Mais je n'ai pas fini mon poulet !

LE PRINCE

Emporte-le. Tu le finiras en chemin. *(Au patron.)* Combien je vous dois ?

LE PATRON

Voici la note, monseigneur.

Le patron donne la note au prince, qui regarde le prix et sursaute.

LE PRINCE

Quoi ? C'est si cher que ça ?

LE PATRON

C'est le prix.

LE PRINCE

Mais c'est invraisemblable ! C'est énorme ! Les poulets sont donc si rares que ça, par ici ?

LE PATRON

Les poulets, non. Mais les princes, oui.

LE PRINCE
(en payant)

Fichons le camp.

Le prince et le conteur se remettent en marche.

LE CONTEUR

Je vous l'avais dit en arrivant : il me semblait bien que la vérité n'était pas ici.

LE PRINCE

Tu aurais pu me prévenir. On aurait mangé ailleurs.

LE CONTEUR
Ailleurs aussi, vous auriez été prince.

Deux vagabonds, vêtus de haillons, se présentent alors, la main tendue.

LA VAGABONDE
Monsieur et monsieur, je suis désolée déranger vous, mais j'ai trois enfants petits sans manger.

LE VAGABOND
Je suis pas de travail et santé très mauvaise, j'ai les os fatigués, jambes usées, foie rongé, l'estomac plein d'acide à force être vide, cœur qui bat plus qu'une fois sur quatre, j'ai...

LE CONTEUR
Arrête, arrête, tu vas me rendre malade !

LE PRINCE
Qu'est-ce que vous voulez ?

LA VAGABONDE
Quelques petites pièces pour manger.

LE CONTEUR
Manger ? Vous voulez manger ?

LES VAGABONDS
Oui.

LE CONTEUR
Vous avez faim ?

LES VAGABONDS
Oui.

LE CONTEUR
Mais il fallait le dire tout de suite ! Vous n'êtes pas au courant ?

LES VAGABONDS

De quoi ?

LE CONTEUR

Vous voyez la colline, là-bas ? Juste derrière il y a une grosse ferme. Une très grosse ferme. Le patron de cette très grosse ferme marie sa fille aujourd'hui ! Sa fille unique ! Et il a décidé de donner un immense repas ! Avec cent quarante-deux plats ! Et d'inviter tout le monde ! Tous ceux qui se présenteront !

LES VAGABONDS

C'est vrai ?

LE CONTEUR

Absolument vrai ! Qu'est-ce que vous attendez pour aller vous mettre à table ? On vous attend !

LES VAGABONDS

Merci, merci.

Les deux vagabonds s'enfuient en courant vers la colline. Le conteur les suit un moment des yeux, puis il s'élance dans la même direction.

LE PRINCE

Hé ! Où vas-tu ?

Le conteur s'arrête.

LE CONTEUR

Mais je… je me disais… et si c'était vrai ?

LE PRINCE

Je vais te dire : d'abord, tu ne suis pas tes propres conseils.

LE CONTEUR

Comment ça ?

LE PRINCE

Quand ils t'ont demandé : "C'est vrai ?", tu as répondu : "C'est absolument vrai." Or tu m'avais dit de ne jamais utiliser ce mot. C'est exact ?

LE CONTEUR

C'est tout à fait exact. Le mot m'a échappé.

LE PRINCE

Et d'autre part, tu n'as aucune raison de critiquer les autres. Car, toi non plus, tu ne dis pas la vérité ! Tu as menti à ces pauvres gens !

LE CONTEUR

Oui, mais j'avais une raison.

LE PRINCE

Quelle raison ?

LE CONTEUR

Ils n'étaient pas prévus dans cette histoire.

LE PRINCE

Cette histoire, c'est toi qui la racontes, mais qui l'a écrite ?

LE CONTEUR

Je n'en sais rien. Si je le savais, je lui tirerais les oreilles.

LE PRINCE

Et pourquoi ?

LE CONTEUR

Pour m'avoir promis un âne que finalement on m'a refusé ! Tiens, en parlant d'âne, tu sais ce que j'ai fait un jour ?

LE PRINCE

Quoi ?

LE CONTEUR

On me l'avait volé. Oui, volé. Vraiment volé. Pas comme celui de mon ex-ami. Alors, je suis allé partout, dans toute la ville, en criant : "Rendez-moi mon âne ! Rendez-moi tout de suite mon âne ! Sinon, je ferai ce qu'a fait mon père !"

LE PRINCE
Et on te l'a rendu ?

LE CONTEUR
Pas tout de suite. Quatre jours plus tard, je continuais à crier partout, de plus en plus fort : "Attention ! Qu'on me rende mon âne sinon je ferai ce qu'a fait mon père !" Alors les voleurs sont arrivés tout penauds et ils m'ont ramené mon âne.

LE PRINCE
Je suppose qu'ils t'ont demandé : "Mais qu'est-ce qu'il avait fait, ton père ?"

LE CONTEUR
Naturellement, ils me l'ont demandé.

LE PRINCE
Et qu'est-ce que tu as répondu ?

LE CONTEUR
J'ai répondu : "Il a acheté un autre âne."

LE PRINCE
Ah, voici le village. Monsieur ! Monsieur !

Un vieil homme s'approche.

LE VIEIL HOMME
Oui, mon prince.

LE PRINCE
Excuse-moi : je cherche la vérité. On m'a dit que je la trouverais par ici. Est-ce que par hasard tu l'as vue ?

LE VIEIL HOMME

Je ne l'ai vue ni par hasard, ni par ici. Ni à droite, ni à gauche, ni au-dessus, ni au-dessous, ni à l'est, ni à l'ouest. Pour la bonne raison que je suis aveugle.

LE PRINCE

Mais tu m'as appelé : mon prince. Comment m'as-tu reconnu, si tu es aveugle ?

LE VIEIL HOMME

Je t'ai reconnu à ton parfum. Ici, c'est le village des aveugles. Nous sommes tous aveugles de père en fils. Et de mère en fille.

LE PRINCE

Depuis quand ?

LE VIEIL HOMME

Depuis que nous avons perdu la vue. A une époque, nous pouvions voir comme tout le monde. C'était au temps de l'arrière-grand-père du grand-père de… non, je me trompe, c'était au temps du grand-père du père de l'arrière-grand-père de mon grand-père. Voilà. Nous avions la vue, à ce moment-là. Mais nous l'avons perdue.

LE PRINCE

Comment est-ce possible ?

LE VIEIL HOMME

Nous n'y faisions pas assez attention. Nous pensions que nous n'avions pas à la surveiller. Alors un beau jour nous l'avons perdue. Tout le monde dans le village l'a cherchée, et la cherche encore. Mais c'est très difficile de chercher la vue quand on n'y voit rien. Si par hasard tu la rencontres, tu pourrais nous la ramener ?

LE PRINCE

Je te le promets. De ton côté, si tu rencontres la vérité, tu me préviendras ?

LE VIEIL HOMME

Ah, la vérité aussi, nous l'avons connue ! C'était bien avant que nous perdions la vue. C'était au temps du père de l'arrière-grand-père de mon... Non, non, je me trompe, c'était au temps de l'arrière-grand-père du père de mon arrière...

LE CONTEUR

Ah, ça suffit avec tous ces grands-pères ! Partons d'ici ! Nous ne trouverons rien !

LE PRINCE

C'est écrit dans l'histoire que nous devons partir ?

LE CONTEUR

Je ne m'en souviens plus ! Allons !

LE VIEIL HOMME

Avant que vous partiez, laissez-moi vous raconter ce qui m'est arrivé un jour. Comme ça, vous saurez au moins comment on parle à des aveugles.

LE PRINCE

Nous t'écoutons. *(Au conteur, qui montre des signes d'impatience :)* Sois attentif aux histoires des autres. C'est agréable, et ça peut te servir.

LE VIEIL HOMME

Un jour donc, j'ai voulu savoir comment était la neige.

LE PRINCE

Tu n'as jamais vu de neige ?

LE VIEIL HOMME

Bien sûr que non. Je n'ai jamais rien vu. Alors, j'allai dans un autre village, un village où les gens voyaient, où ils n'avaient pas perdu la vue, et je m'assis près de quelqu'un. Je lui demandai *(le vieil homme s'assied auprès d'une femme et lui demande)* : Dis-moi, elle est comment, la neige ?

LA FEMME
Elle est froide et blanche.

LE VIEIL HOMME
Froide, oui, je comprends. Mais blanche, c'est comment ?

LA FEMME
Blanche… C'est comme du lait.

LE VIEIL HOMME
Ah, oui. Le lait. Mais le lait, dis-moi, c'est comment ?

LA FEMME
Je ne sais pas comment te dire. Le lait, c'est comme les oiseaux qui sont sur la rivière, tu sais, les cygnes…

LE VIEIL HOMME
Ah oui. Les cygnes. Mais un cygne, dis-moi, c'est comment ?

LA FEMME
C'est un grand oiseau, avec de larges ailes, un cou très long et courbé, et un bec comme ça, tiens, donne-moi ta main…

Elle allonge son bras et courbe son poignet pour imiter le cou et la tête d'un cygne. Puis elle prend l'une des mains du vieil aveugle et la pose sur la sienne. L'aveugle caresse lentement, attentivement, le bras et la main de la femme. Il finit par dire :

LE VIEIL HOMME
Ah oui, maintenant je vois comment elle est, la neige.

Le prince s'adresse à l'aveugle et à la femme :

LE PRINCE
Dites-moi, je vous en prie, si la vérité n'est plus ici, vous avez peut-être une idée d'un endroit où je pourrais la rencontrer ? Dans ce château, là-haut, peut-être ?

LE VIEIL HOMME

Oh, sûrement pas. La vérité n'est jamais dans les châteaux.

LA FEMME

Ni dans les palais.

LE PRINCE

Dans l'église, là-bas ?

LA FEMME

Ça m'étonnerait.

LE PRINCE

Dans les étoiles ?

LE VIEIL HOMME

Dans les étoiles on ne trouve que la vérité des étoiles.

LE PRINCE

Pourtant, ils sont nombreux ceux qui disent : "Venez ! Venez ! J'ai trouvé la vérité ! Elle est ici, je la connais, elle est même écrite dans un livre !"

LE VIEIL HOMME

Ceux-là, écoute-moi, il vaut mieux les éviter. Même si je suis un aveugle, fils d'aveugles, il y a des choses que je sais. Tu veux une preuve ? Regarde le gros arbre, là-bas. Tu le vois ?

LE PRINCE

Oui.

LE VIEIL HOMME

Pas le petit, le gros. Celui qui est couvert de verdure comme d'un énorme manteau.

LE PRINCE

Oui, je le vois.

LE VIEIL HOMME

Peux-tu me dire combien il porte de feuilles ?

LE PRINCE

Bien sûr que non. Comment veux-tu que je le sache ?

LE VIEIL HOMME

Eh bien moi, je le sais. Il a deux cent soixante-six mille quatre cent quarante-neuf feuilles.

LE PRINCE

Tu en es sûr ?

LE VIEIL HOMME

Si tu ne me crois pas, monte dans l'arbre et va les compter. Tu vois que j'en sais, des choses ! Alors, écoute-moi, et n'oublie jamais ce que je vais te dire : il faut toujours suivre ceux qui cherchent la vérité. Et toujours fuir ceux qui l'ont trouvée.

LE PRINCE

Mais alors, je ne la trouverai jamais !

LE VIEIL HOMME

A moins que tu ne la trouves en toi-même. En cherchant bien.

Le vieil homme et la femme sortent. Le prince demande au conteur :

LE PRINCE

On s'en va ?

LE CONTEUR

C'est comme tu veux.

LE PRINCE

Ou alors on reste ici ?

LE CONTEUR

Si tu préfères.

LE PRINCE

On s'en va plus loin, ou on reste ici ?

LE CONTEUR

A ton bon plaisir.

LE PRINCE

Tu ne m'aides pas beaucoup.

LE CONTEUR

Je ne suis pas là pour t'aider.

LE PRINCE

L'histoire de l'aveugle, elle n'était pas prévue ?

LE CONTEUR

Je ne sais pas. Je n'ai pas écouté.

LE PRINCE

Tu es fâché ?

LE CONTEUR

Moi ? Pas du tout.

LE PRINCE

Tu as l'air fâché.

LE CONTEUR

Je te dis que non.

LE PRINCE

Je t'assure, tu n'es pas de très bonne humeur. Tu es irrité, amer, tu…

LE CONTEUR

(explosant)

Ah mais ça suffit ! Je te dis que je ne suis pas fâché ! Absolument pas !

LE PRINCE

Ne te fâche pas. Si tu racontes mon histoire, l'histoire du secret de la vérité, forcément tu le connais ! Non ?

LE CONTEUR

C'est possible.

LE PRINCE

Si tu le connais, ce secret, je t'en prie, révèle-le-moi !

LE CONTEUR

Je ne peux pas.

LE PRINCE

Pourquoi ?

LE CONTEUR

Parce que c'est un secret.

A ce moment entrent un homme et une femme qui passent rapidement en disant :

LA FEMME DU CRÉTIN

Tu veux la connaître, la vérité ? Tu veux que je te la dise ? La vérité, c'est que tu es un crétin ! Un vrai crétin ! Un crétin complet ! Le crétin des crétins ! Si un jour il y avait un concours de crétins, tu arriverais deuxième !

LE CRÉTIN

Pourquoi le deuxième ?

LA FEMME DU CRÉTIN

Parce que tu es un crétin !

Ils sortent.
Le conteur reste seul avec le prince et ils se remettent en route.

LE CONTEUR

Tu vois comment sont les gens. Tout le monde cherche la même chose que toi. Ceux qui voient, ceux qui ne voient pas. Tous. Et depuis le père de l'arrière-grand-père de leur grand-père. Mais comment faire ? Un jour, j'ai rencontré un homme qui m'a dit : "Tu veux que je te dise la vérité ? La vérité, c'est que je suis un menteur."

LE PRINCE

Et c'était vrai ?

LE CONTEUR

Comment savoir ?

LE PRINCE

S'il dit qu'il est un menteur, alors ce qu'il dit n'est pas vrai.

LE CONTEUR

Exact.

LE PRINCE

Donc, en fait, il n'est pas un menteur.

LE CONTEUR

Non. Mais s'il n'est pas un menteur, et s'il dit qu'il est un menteur, alors il ment.

LE PRINCE

Il est donc un menteur ?

LE CONTEUR

Et il ne l'est pas, puisqu'il dit qu'il l'est.

LE PRINCE

C'est parfaitement clair. Tu m'as déjà menti ?

LE CONTEUR

Evidemment.

LE PRINCE

A quel moment ?

LE CONTEUR

A tout moment.

LE PRINCE

Cela fait partie de ton rôle ? Tu es là pour me mentir ? Pour m'égarer ? Pour me décourager ?

LE CONTEUR

Je suis là pour raconter cette histoire. Du début jusqu'à la fin. Que tu le veuilles ou non. Ah, tiens ! Nous arrivons chez mon ami le juge ! Lui, il pourra peut-être t'aider ! Il a trouvé une solution !

LE PRINCE

Quelle solution ?

LE CONTEUR

Ecoute bien.

Un juge apparaît et s'installe. Le conteur lui-même joue le rôle d'un plaideur. La femme est l'autre plaideur.

LE JUGE

Je vous écoute. Alors ? Qui est le plaignant ?

LE CONTEUR

C'est moi.

LE JUGE

Eh bien ? De quoi te plains-tu ?

LE CONTEUR

Cette femme-là, qui est la femme de mon ami, s'est très mal conduite avec moi. Elle est venue dans ma maison en mon absence, elle a volé mon argent, pfuit ! elle a volé mon âne, pfuit, pfuit ! et elle a battu mon fils jusqu'au sang ! Tu dois me faire rendre justice !

LE JUGE

Tu as raison.

LA FEMME

Mais pas du tout ! Ça ne s'est pas passé comme ça ! Pas du tout ! Je suis allée chez lui, c'est vrai, mais cet âne dont il parle, c'était le mien, qu'il avait emprunté et qu'il ne voulait pas me rendre ! Cet argent aussi c'était le mien, que je voulais récupérer ! Et si j'ai battu son fils, c'est parce qu'il s'est jeté sur moi comme un sauvage ! Je n'ai fait que me défendre comme j'ai pu, moi qui suis une pauvre et honnête femme, et je suis repartie les mains vides ! C'est à moi que tu dois faire rendre justice !

LE JUGE

Tu as raison.

Le prince, qui a écouté attentivement, s'approche alors du juge et lui dit :

LE PRINCE

Mais enfin, cet homme et cette femme t'ont dit des choses totalement contradictoires et tu leur as dit, à tous les deux, qu'ils ont raison ! Ce n'est pas possible !

Le juge réfléchit un instant avant de dire au prince :

LE JUGE

Tu as raison.

Le juge et la femme s'en vont.
Le prince s'approche du conteur, qui lui dit :

LE CONTEUR

Tu vois ? Lui au moins, il ne risque pas de se tromper.

LE PRINCE

Mais si tout le monde a raison, personne n'a raison !

LE CONTEUR

Tu as raison.

LE PRINCE

Et la science ?

LE CONTEUR

Quoi, la science ?

LE PRINCE

On parle toujours de vérités scientifiques. Elles doivent bien exister !

LE CONTEUR

Tu connais l'histoire de la puce ?

LE PRINCE

Non.

LE CONTEUR

Un savant examine une puce qui s'est posée près de lui. Il lui ordonne : "Saute !", et la puce saute. Hop ! Le savant écrit sur une feuille de papier : "Quand on dit à une puce de sauter, elle saute." Alors il saisit la puce délicatement, avec de toutes petites pinces, et il lui arrache les pattes. Clic, clic, clic. Puis il la repose à côté de lui et ordonne : "Saute !"

LE PRINCE

La puce ne bouge pas.

LE CONTEUR

Evidemment. Alors le savant note sur sa feuille de papier : "Quand on arrache les pattes à une puce, elle devient sourde."

LE PRINCE

Je te comprends. Et ensuite, dis-moi, dans notre histoire, nous avons continué ?

LE CONTEUR

Nous avons continué longtemps.

LE PRINCE

Où sommes-nous allés ?

LE CONTEUR

Nous sommes allés sur toute la terre. Et même plusieurs fois. Nous avons traversé des pays étranges, par exemple celui où les habitants dansent sans arrêt… En travaillant, en mangeant, en dormant même…

L'homme à tout faire, la femme et même le prince illustrent le récit du conteur.

LE CONTEUR

… le pays où ils parlent une langue incompréhensible, même pour eux… Et pourtant ils n'arrêtent pas de parler… Peut-être, justement, parce qu'ils ne se comprennent pas…

… le pays où ils sont devenus des animaux, surtout des insectes… Tout le monde se pique et se gratte… C'est un pays plein de démangeaisons…

… le pays où ils oublient aussitôt ce qu'ils viennent de dire ou de faire, si bien qu'ils répètent sans arrêt les mêmes choses… Et ils croient qu'ils ne vieillissent pas…

… le pays, aussi, où ils se prennent pour des images. Ils se collent contre les murs et même dans des albums. Et ils font tout leur possible pour que d'autres pays viennent les visiter…

LE PRINCE

Nous avons traversé tous ces pays ?

LE CONTEUR

Et d'autres encore.

LE PRINCE

Et nous n'avons pas trouvé ce que je cherchais ?

LE CONTEUR

Nous ne l'avons pas encore trouvé.

LE PRINCE

Qu'est-il arrivé finalement ?

LE CONTEUR

Les années passèrent. Le prince cherchait sans repos mais jour après jour le temps le marquait. Il avait même quelques cheveux blancs.

Le prince s'écarte du conteur et fait ce que celui-ci raconte.

Il arriva un jour au sommet d'une montagne, près de l'entrée d'une grotte. Il s'allongea sur le sol pour se reposer. Il se sentait très fatigué. Il songeait à abandonner. Tout à coup, à l'intérieur de la grotte, il entendit un bruit, une espèce de grognement. Il se leva, craignant la présence d'un tigre, ou d'un ours, et il s'approcha de la grotte.

Le prince s'est levé. Il est près de l'entrée de la grotte. On entend grogner et gémir.

De l'intérieur lui parvenait une odeur fétide, épouvantable. Il voulut s'enfuir. Mais, en s'avançant, il distingua une lourde silhouette sombre, qui lui parut être celle d'une femme. Il s'approcha encore, il entra dans la grotte, en se bouchant le nez.

Le prince continue, prenant le récit à son compte :

LE PRINCE

Et là, sur le sol, quand mes yeux se furent habitués à l'obscurité, je vis en effet une femme, une vieille femme très laide, et même hideuse, qui se traînait à quatre pattes sur le sol, couverte de boutons et de pustules, ridée, poilue, puante. Je suffoquais, je ne pouvais pas supporter l'odeur, qui était affreuse. Alors la femme leva vers moi ses yeux glauques et me demanda :

La vieille femme regarde le prince et lui demande d'une voix rauque :

LA VIEILLE FEMME

Que cherches-tu ?

LE PRINCE

Je cherche la vérité.

LA VIEILLE FEMME

Tu l'as trouvée.

LE PRINCE

Tu es la vérité ?

LA VIEILLE FEMME

Oui.

LE PRINCE

Comment en être sûr ? Je ne peux pas te croire.

LA VIEILLE FEMME

Je suis la vérité. Et comme je suis la vérité, je sais tout de toi. Je sais le nom de la jeune fille que tu as rencontrée, et ce que son père le paysan t'a dit. Je sais que tu es allé au nord, au sud, en haut, en bas, à droite et à gauche. Je sais que tu as traversé le fleuve au crocodile, que tu as payé tes poulets trop cher, que tu es passé par le village des aveugles, que tu as traversé le pays des gens qui se prennent pour des images. Je sais tout cela.

LE PRINCE

Tu es donc la vérité ?

LA VIEILLE FEMME

Je te l'ai dit.

LE PRINCE

Suis-je le premier à te trouver ?

LA VIEILLE FEMME

Tu es le premier depuis bien longtemps.

LE PRINCE

Qui étaient les autres ?

LA VIEILLE FEMME

J'ai oublié.

LE PRINCE

Je suis heureux. Je ne peux pas te dire comme je suis heureux. Je vais pouvoir épouser la femme que j'aime, si toutefois elle m'a attendu.

LA VIEILLE FEMME

Elle t'a attendu.

LE PRINCE

C'est certain ?

LA VIEILLE FEMME

C'est sûr et certain.

LE PRINCE

Que veux-tu que je dise aux hommes, à ton sujet ?

LA VIEILLE FEMME

Rien. Ne leur dis rien.

LE PRINCE

Mais tous veulent te connaître ! Tous te recherchent !
Quand je serai de retour, ils vont m'interroger ! Ils vont me
poser mille questions et il faudra bien que je leur réponde !
Que leur dire ?

La vieille femme sale et puante hésite un instant avant de
répondre :

LA VIEILLE FEMME

Dis-leur que je suis jeune et belle.

Le prince ressort de la grotte.
Il paraît troublé. Le conteur, qui s'était endormi pendant
ce temps, se réveille et lui demande :

LE CONTEUR

Eh bien ? Où étais-tu passé ? *(Le prince ne répond pas.)*
J'étais inquiet de ne plus te voir. Si inquiet que je me suis
endormi.

LE PRINCE

J'étais là… à côté… dans la grotte…

LE CONTEUR
Et tu as vu quelque chose ? Ou quelqu'un ?

Le prince hésite avant de répondre :

LE PRINCE
Non… Non, je n'ai rien vu… Je n'ai vu personne…

LE CONTEUR
Tu en es sûr ? Tu as l'air si troublé tout à coup.

LE PRINCE
Pourquoi me poses-tu toutes ces questions, si tu racontes mon histoire ?

LE CONTEUR
Pour un moment, tout m'a échappé. Je te l'avoue. Il s'est passé des choses que j'ignore. C'était pendant que je dormais.

LE PRINCE
Je dormais peut-être, moi aussi.

LE CONTEUR
Oui ! Oui, c'est ça ! Voilà l'explication. Tu dormais, tu as rêvé. Et je ne suis pas maître de tes rêves. C'est un domaine où je ne peux pas pénétrer. Bon, où allons-nous maintenant ?

LE PRINCE
Tu ne le sais pas non plus ?

LE CONTEUR
Veux-tu continuer ta recherche ?

LE PRINCE
Non, ce n'est plus la peine.

LE CONTEUR
Toi, tu essaies de me cacher quelque chose.

LE PRINCE

Mais non.

LE CONTEUR

Tu renonces, alors ?

LE PRINCE

Je renonce. Nous pouvons retourner chez nous.

LE CONTEUR

Alors, allons-y. Attends que je prenne mes petites boîtes.

Il ramasse deux petites boîtes qu'il avait posées à côté de lui.

LE PRINCE

Qu'est-ce qu'il y a dans ces boîtes ?

LE CONTEUR

Je les place toujours à côté de moi quand je m'endors. Dans celle-ci il y a des pastilles à la menthe. Dans l'autre il n'y a rien.

LE PRINCE

Et pourquoi fais-tu ça ?

LE CONTEUR

Celle-ci, c'est au cas où je me réveille et j'ai envie de pastilles à la menthe.

LE PRINCE

Et la boîte vide ?

LE CONTEUR

C'est au cas où je me réveille et je n'en ai pas envie.

Ils s'en vont et marchent un moment. Le conteur est très fatigué.

Ne marche pas si vite. Nous ne sommes pas pressés.

LE PRINCE

Moi, si. Nous sommes allés si loin. J'ai perdu tellement de temps.

41

LE CONTEUR

Nous ne sommes pas allés très loin. Regarde, nous sommes déjà de retour.

Ils retrouvent le père de la jeune fille que le prince voulait épouser.

LE PÈRE

C'est toi ?

LE PRINCE

C'est moi. J'ai fait ce que tu m'as dit de faire. J'ai réussi et je suis de retour. Est-ce que tu peux dire à ta fille que je suis là ?

LE PÈRE

La voici. Tu peux le lui dire toi-même.

Apparaît la femme, avec un bébé dans les bras.

LA JEUNE FILLE

Tu es de retour ?

LE PRINCE

A qui est ce bébé ?

LA JEUNE FILLE

Il est à moi.

LE PRINCE

Tu as un bébé ?

LA JEUNE FILLE

Tu étais parti. Je suis restée sans nouvelles de toi. Pendant des années. J'étais sûre que tu m'avais oubliée, et je me suis mariée.

LE PRINCE

Mais alors… elle s'est trompée !

LA JEUNE FILLE

Qui ?

LE PRINCE

Elle s'est trompée, ou alors elle m'a menti !

LA JEUNE FILLE

Mais de qui parles-tu ?

LE PRINCE

Je parle de la vérité ! Elle m'a dit que tu m'avais attendu !
Que c'était sûr et certain !

LE PÈRE

Tu as rencontré la vérité ?

LE PRINCE

Naturellement ! C'est pour ça que je suis revenu ! Mais la
vérité ne m'a pas dit la vérité !

LE PÈRE

Ça, ce n'est pas possible.

LE PRINCE

Si ! La vérité m'a menti ! Et non seulement elle m'a menti,
mais elle m'a demandé de mentir !

LE PÈRE

Elle t'a demandé de nous dire quoi ?

*Le jeune prince hésite un instant, puis choisit de ne pas
répondre. Il s'approche du conteur qui, épuisé, s'est assis
par terre, et le force à se relever.*

LE PRINCE

Hé, toi ! Debout !

LE CONTEUR

Debout ? Pourquoi ?

LE PRINCE

Nous devons nous remettre en route.

LE CONTEUR

Mais mon histoire est terminée !

LE PRINCE

Pas du tout ! Ton histoire recommence. Lève-toi et viens avec moi !

LE CONTEUR

Je n'en peux plus… Laisse-moi au moins me reposer !

LE PRINCE

Tu te reposeras un autre jour. Allons, en route ! *(S'adressant au père de la jeune femme :)* Au fait, tu ne m'as pas dit : cet homme que ta fille a épousé, est-ce qu'il connaît la vérité ?

LE PÈRE

Je ne le lui ai pas demandé.

LE PRINCE

Pourquoi ?

LE PÈRE

Parce qu'il possède une grande banque. Je me suis dit : un homme qui possède une banque de cette importance ne doit pas être loin de la vérité. Adieu, maintenant.

LA JEUNE FILLE

Tu vas encore chercher la vérité ?

LE PRINCE

Je vais chercher ce que je n'ai pas trouvé.

LA JEUNE FILLE

Je te souhaite un très beau voyage.

Le père et la fille se retirent.
Le prince s'adresse au conteur.

LE PRINCE

Tu es prêt ?

LE CONTEUR

Où allons-nous ?

LE PRINCE

Au nord, au sud, à gauche, à droite, au-dessus, au-dessous…
Nous irons partout… Nous ne pouvons pas en rester là.
Viens. Maintenant, c'est moi qui raconte l'histoire.

LE CONTEUR

Tu la connais, au moins ?

LE PRINCE

Bien sûr que non.

Le prince entraîne le conteur, qui dit en sortant :

LE CONTEUR

Je te rappelle qu'on m'avait promis un âne ! Par contrat !
Un âne qu'on ne m'a pas donné ! Moi qui en ai absolument
besoin ! Je suis déjà mort de fatigue ! Hou aïe aïe… Sous
prétexte qu'un jour je lui ai donné quelques petits coups
de bâton, et qu'il aurait refusé de…

Sa voix se perd.

Je
suis
né dans un
petit village du
Midi de la France,
où on ne savait rien du reste du monde. Très vite, j'ai
découvert qu'écouter des histoires, ou en lire,
était notre seule manière de voyager. Quand
le moment est venu, plus tard, j'ai pris le
relais. A mon tour, j'ai commencé à
raconter des histoires, en utilisant
tous les moyens qui se présen-
taient : le livre, le théâtre, le cinéma,
la télévision, le disque. Et je n'ai jamais
arrêté. Tous les matins je me réveille en
me demandant : qu'est-ce que je vais raconter aujourd'hui ? Si la journée se passe sans
que je trouve, le
soir, j'ai du mal
à m'endor-
mir.

JEAN-CLAUDE
CARRIÈRE,
mai 2001

Ouvrage réalisé
par l'Atelier graphique Actes Sud.
Achevé d'imprimer
en juin 2008
par l'imprimerie Vasti-Dumas
à Saint-Étienne
N° imprimeur : 08-06-0023
pour le compte des éditions
ACTES SUD
Le Méjan
Place Nina-Berberova
13200 Arles

encres végétales

N° d'éditeur : 4208
Dépôt légal
1ʳᵉ édition : juillet 2001